거울아 거울아

거울아 거울아

글·그림 다드래기

장주원 편

네오
카툰

차례

/

거울아 거울아 _ 장주원 편

● 길일

1화
/
이
사

넌 커피
안 마시지?

냉수나…

없어.

힘든데 친구들 부르라니까.

됐어,
짐 얼마나 된다고.

● 내 노트북 속의 세상

● 내 이름은

7

● 나쁜 남자

● 여름

몸조심해.

팔랑랑

저저저-

쓰레기 다 날리고
가네.

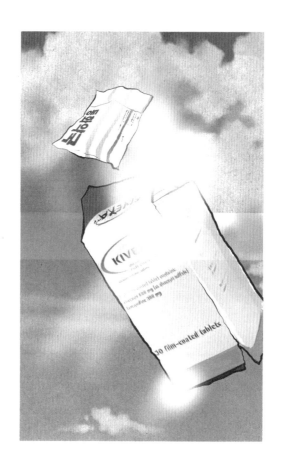

2화

/

늦은 고무신

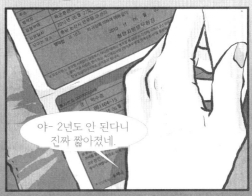

야~ 2년도 안 된다니
진짜 짧아졌네.

요즘 군대가 군대냐?
캠핑이지.

아, 형까지 왜 그래
짜증 나게.

그러니까 얼른 갔다 오지.
왜 그 나이까지 버텨?

그야 막 이제…
좋으려고 하니까…

11

● 무용담

나 말년에는
내무반 신식으로 공사한다고

막사 생활 했어.

헐

● 너 죽고 나 죽자

나이 먹어서 가면
각오가 좀 될 줄 알았는데.

21세기 군번인데
막사가 뭐냐?
여름에 진짜 쪄 죽고.

싫다…

그런 게 어딨어-.

난 전쟁 나서 징집
떨어져도 최대한
도망부터 갈 거다.

치울-

…

나는 데려가?

글쎄다?

그래도 내일 가는
너만큼 싫겠나?

ㅋㅋㅋ

닥쳐.

켁켁!

● 이제는

13

약 먹어야지.

-삑

뗘리리리리리-

아!

뗘리리리리라-

● 접속

[헬슈크림] 님이 로그인 하셨습니다

[호두를 위하여] 님이 로그인 하셨습니다

3화

/

사고

[헬슈크림] : 오래간만에 과음했더니 피곤하다
으아- 이제 못 버티는 건가!

[호두를 위하여] : 우와 월요일인뎈ㅋㅋ 과음하는 쎈쓰!

[헬슈크림] : 크읍... 이 나이에 군대 고무신이라니 ㅠㅠ

[호두를 위하여] : 헐...외로운 사슴이 따로 없구먼-

● 승냥이

[호두를 위하여] : 그래서 오늘은 혼자인 거네?

[헬슈크림] : 오늘'도' 혼자지 어제도 혼자였으니까 ㅠㅠ

우리, 구면인가?

[호두를 위하여] : 우아, 오래간만에 주변이 승냥이로
들끓겠는걸?

● 탱커와 힐러

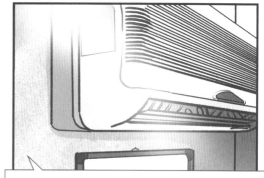

[헬슈크림] : 그다지 좋은지 나쁜지는 모르겠어

밤에 혼자니 허전하고 불타는 마음을
어쩔지 모르겠고...

[호두를 위하여] : 그럼 공대길드 좀 들어와!
오늘 종일 탱커가 초등학생인지
성과가 별로 안 좋아!

[헬슈크림] : 흐엉 뭐야 이건 너한테 공감이 안 가는 거야?

[호두를 위하여] : 웬 멍멍이 같은 소릴...

무성애자가 무슨 사이코패스인 줄 알아

[헬슈크림] : 어쨌든 지금은 모텔인데...

아, 다른 사람이랑 착각했나?

미안합니다. 갑자기 불쑥.

늦었다….

외근부터 한다고 뻥쳐야지.

● 사고

아…

벌써 저질러버렸네.

●인기남

4화
/
일의 진행

좋은 아침요.

어머, 주원 씨
오랜만.

마감일이나 돼야
얼굴을 보다니.

하하.

역시 판매왕은 달라.

조회 끝나고 바로 나가야 해요.
오늘은 VIP라.

헐- 잘나간다.

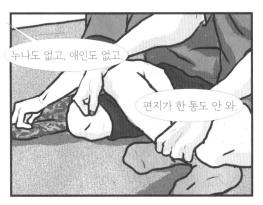

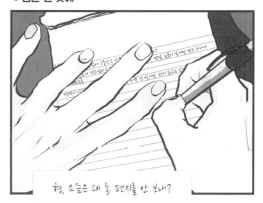

그리고 이건 제 업무용
연락처니까요….

…

'강철웅'이 가명인 거지?

그렇죠, 영업하다보면

엉뚱하게 말 나올지도 모르니까.

● 능력자

5화

/

발신자 미상

23

그럼요! 통원비가 정액으로 무조건 나오는 거라니까요.

데이트용 번호는 노출 안 하는데

웬 일반 전화?

다른 데 비해서 너무 좋다보니까

이게 제재를 받았어요. 다음 달부터 판매가 중지되니까요

아, 그리고 갱신형 암보험 말씀인데요.

고액 암이 7천만 원까지 나오는 상품인데

얼른 서둘러서 해보세요.

드르륵-

고객님 나이대에….

발르르르-

트르르르륵

누가 센스 없이 이런 식으로!

웅-웅-

● 막장 드라마

● 예감

● 마음의 준비

꽈악-

● 나 좀 봅시다

6화

/

누군가 문을 두드리네

27

● 대나무 숲

[호두를 위하여] : 그래서? 마누라가 머리 뜯으러 찾아온 거였어?

[헬슈크림] : 아니 유난 떨진 않더라고. 그냥 덤덤했어

[헬슈크림] : 그건 그냥 별로 중요하지 않았어

[호두를 위하여] : ????

● 행방불명

남편 주소록은 수시로 백업해왔어요.

일주일 정도 연락이 안 되는데

집이 이사를 해야 돼서요.

전출을 하는 데 문제가….

저기-

어차피 별거 중 아니신가요?

● 내연남

이상하게 들릴지도
모르지민

이 사람은 연락이
끊어지면 안 돼요.

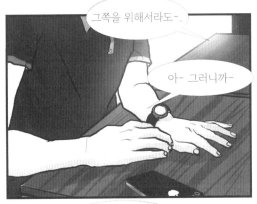

그쪽을 위해서라도-.

아- 그러니까-

저랑 딴살림 차리고 있다고
생각하신 건가요?

● 능력자

어차피 남의 가정사
자세히 모르지만

이미 놓아주기로 하신 거라면
그렇게 집착하실 필요가….

신고해야 해요.

그 사람,
HIV 보균자예요.

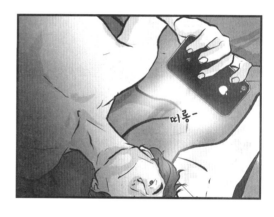

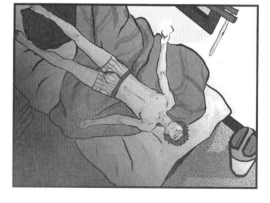

● 의리

7화

/

무엇을 생각하든

알게 된 지는
두 달 정도 되었어요.

그래도 애들 아빠라

의리는 지키려고
했겠죠.

아직 서류상 세대주라

이사 간 보건소에 신고를
해야 해요.

● 철면피

보글보글

보험 안 되는 거 뻔히
알면서 어이없네요.

마지막으로
만나신 분 같아서

확인하고
처리하려고요.

그쪽도 몸조심하세요.

● 괜히

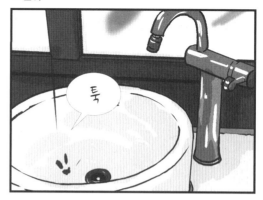

툭

투
두둑

어어어-?

뭐야, 코피?

잠깐만-

괜찮아요. 제가 할게요.

● 적당히

젊다고 너무 믿지 마. 가는 데는 순서 없다고.

● 조용히

연말 수상을 노리는 건 알지만 적당히 해.

하하하, 뭘요. 무리 안 해요.

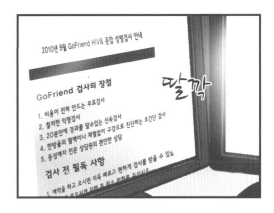

2010년 8월 GoFriend HIV& 종합 성병검사 안내

GoFriend 검사의 장점

1. 비용이 전혀 안드는 무료검사
2. 철저한 익명검사
3. 20분만에 경과를 알수있는 신속검사
4. 한방울의 혈액이나 채혈없이 구강으로 진단하는 초간단 검사
5. 동성애자 전문 상담원의 편안한 상담

검사 전 필독 사항

1. 예약을 하고 오시면 더욱 빠르고 편하게 검사를 받을 수 있습

그렇게 쉬지도 않고

제주도까지 계약하러 뛰고

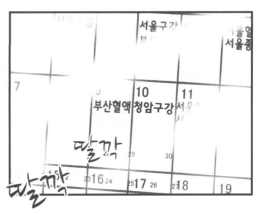

면역력 떨어지면

앞뒤 없이 훅 간다고.

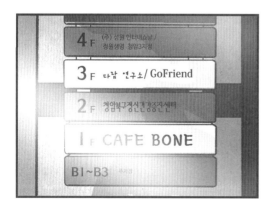

8화

/

그 이상을 보게 된다

● 예약

● 짐작

● 기다리세요

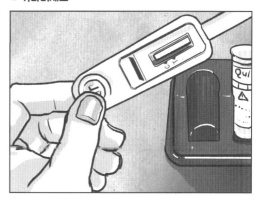

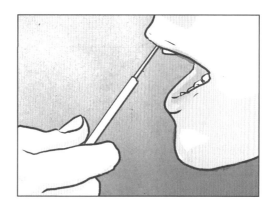

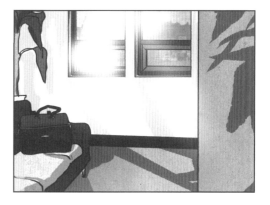

● 수종이는 괜찮다

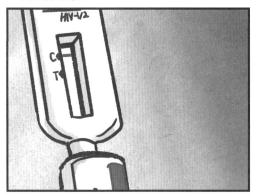

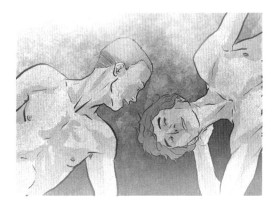

● 순진한 남자

9화

/

기다리는 시간

39

● 오랜만에

● 시장

확실히 할 필요가 있다면

3주 뒤에 꼭 오세요.

뜨하하하하하!

짧은 기간 내 파트너가 바뀌셨다면

특히 검사 받아보시는 게 좋아요.

우리 시장이 워낙 좁으니까

미안해요, 미안해요.

하도 오랜만에 들어서.

우리 교련 선생도 그렇게 말했거든요.

일반들보다 까다롭잖아요?

40

[호두를 위하여] : 괜찮을 거야 그때까지 맘 편히 먹어

[헬슈크림] : 이거 벌인가?

[헬슈크림] : 정확히 뭐의 대가로 받는 거지?

[호두를 위하여] : 이제 시작인데

3주나 어떻게 기다리려고 그래.

[호두를 위하여] : 점심때 약속 없으면 밥이나 먹자.

● 수종이는 괜찮다

● 호두를 위하여

10화

/

벽장 속의 만남

● 서먹서먹

● 괜히

'업어치기 한 판'
나왔습니다.

많이 먹어.
영업하는 사람이,

끼니 거르고
그러면 쓰니?

장어 먹어.

계란말이 같은 건
집에서도 먹잖아.

● 무성애자

● 현친

흐음…

암보험 필요해?

친하게 지내자.

11화

/

반전 없는 삶

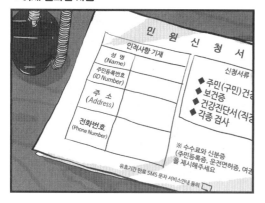

이거 꼭 적어야 해요?

네?

조바심 낸다고
빨리 알 수 있는 게 아니잖아.

그러다 결과 나오기 전에
몸 축나.

어제 전화하니까
익명이라고….

아, 죄송해요
보건증인 줄 알고.

오차는 반드시
발생한단 말이야.

요즘 왜 이리
힘이 없어?

네?

정확도를 요하는
검사일수록

오차 범위 안의 오차를
꼭 만들게 되지.

부쩍 수척해지고

실적도 갑자기
안 나오고 말이야.

HIV 항체가 아닌
다른 물질과 반응한 걸
수도 있어.

그러면 위양성인 거야.

집에 무슨 일 있어?

그냥 그동안

너무 무리했나봐요.

위안이 되네요.

그러게 혈기 왕성할 때
건강 지키라니까.

51

● 각오가 더 필요해

12화

/

To be continued

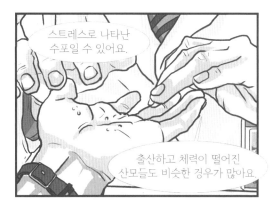

*기회감염: 건강한 사람에게는 크게 반응하지 않는 바이러스가 면역기능이
떨어진 사람에게 감염되었을 때 병증을 일으키는 것. HIV보균자가 지속적으
로 면역력이 떨어질 경우 기회감염 증상을 나타내며 AIDS가 된다.

다행히 초기에 바로 오셔서 면역 수치가 어느 정도 있는 편이셨지만

계속 떨어지고 있는 상태라 드시는 게 좋지 않을까 합니다.

항레트로바이러스제가 평생 먹어야 되다보니

막연하고 겁나고 그러실 겁니다만…

저도 당뇨, 혈압약 13년째 먹고 있습니다.

금연, 금주, 밤샘 금지.

규칙적인 운동, 홍삼.

회는 좀 참고, 스테이크는 웰던.

블루베리를 먹으면

항산화에 좀 도움이 되려나.

54

요즘에 돌밭이라고
못 걸어가는 길 있냐?

신발이 좋아서
웬만한 슬리퍼도 걷는 건
다 해.

나 봐,

고자가 하는 비뇨기과도
잘만 된다고.

아우 시발!

저놈의 리프트는
맨날 멈춰!

남자의
119

이런 지극적인 카피
아주 좋아요!

주원이 영업 카탈로그
정자 씨가 만든 거죠?

딱 보는 순간
저희 병원도 맡기고 싶더라고요

차는 제가 쏠게요,
아메리카노?

아, 전 버블티…

허니갈릭브레드.

배고파?

밥을 먹을 걸
그랬나?

● 잿밥

● 매일매일

● 봄이 와

● 나의 봄은 아니네

6천요?
6천을 올리신다고요?

갑작스럽겠지만
요즘 시세 알잖아요?

내가 오랫동안 안 올리기도 했고.

…

네, 좀 더 알아보겠습니다.

● 산책

이 동네에서
그 정도 보증금은
어려우실 겁니다.

성한 공인중개사
전화 363-3850

아시다시피
청암시 개발 때문에
떳다방까지 난리잖아요.

딸랑 —

전세를 한 번에
6천을 올리다니.

대출도 아직 남았는데…

● 사촌이 땅을 사면

● 목적이 이끄는 삶

● 목마른 자

14화

/

가시방석

하- 결혼 얘기도 지겹고

약 먹는 것도 지겹다.

야, 무슨 예물을 내 거까지 챙기니.

돈 얘기를 어떻게 꺼내지?

부시럭 부시럭

뭐 양가에서 주고받는 거니까

부담 갖지 마.

형, 나가자!

벌컥-!

다이어트해? 전보다 옷발이 더 산다?

…어딜?

무슨… 타고난 거지.

● 외삼촌

● 대리효도

● 그런 일이

● 일하는 게 다 그렇지

● 호기심

● 미궁

15화

/

폭풍 전야

● 절찬리 영업중

안녕하세요?
FP 장주원입니다.

다음 달에 교육보험
만기 문자 받으셨죠?

중간에 학자금 지급
안 받으셔서 만기 금액이
크세요.

자녀분도 이제 성인 되시니까
종신보험으로 전환….

네….

아닙니다. 당연하죠.
등록금이 워낙 비싸야
말이죠.

● 적응 후 사춘기

요즘 뭐 익숙해져서
별로 힘들지도 않아요.

부작용도 없고
잘 받고.

그런데
뭔가 이 미묘한 기분은
적응이 안 된다니까요.

워낙 별난 성격이라
조금만 말이 줄어도
티 나고.

아우,
나랑 그만 놀고.

센터에서 하는
프로그램이라도
들어.

● 사려 깊지 못한 징징이

● 먹구름

으아…

띠리리리—

이번 달도 실적 개판이다.

헉—!

대출도 안 되고
계약 날은 다가오고

모은 돈은 까먹고 있고

띠리리리—

●알고 왔어

16화

/

바람이 분다

● 가벼운 생각으로

워낙 비밀이 많으니까,
이야기를 안 하니까.

형도 뭔가
재미있는 일이 있나

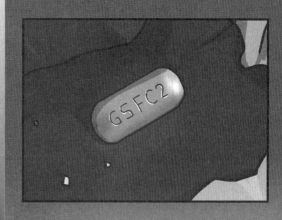

그냥 궁금했을 뿐이야.

● 알 건 안다

낄해야 몰래 만나는
여자라도 있나보다.

형, 나 의사야.

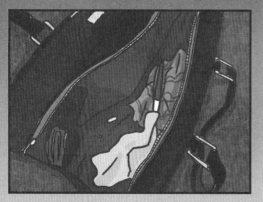

그 약이 뭔지
잘 알아.

● 어떻게 그럴 수 있어

고모한테는
왜 말 안 했어?

형. 고모한테
그러면 안 되잖아.

어떻게 형을 키웠는데.

그만.

엄마 얘기는 하지 마라.

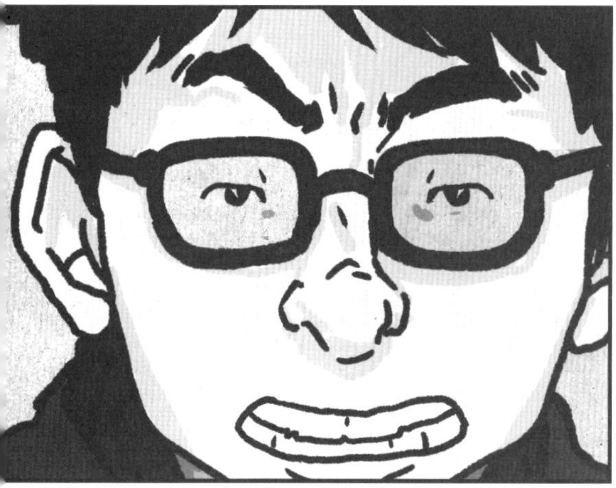

● 대접할 수 없다

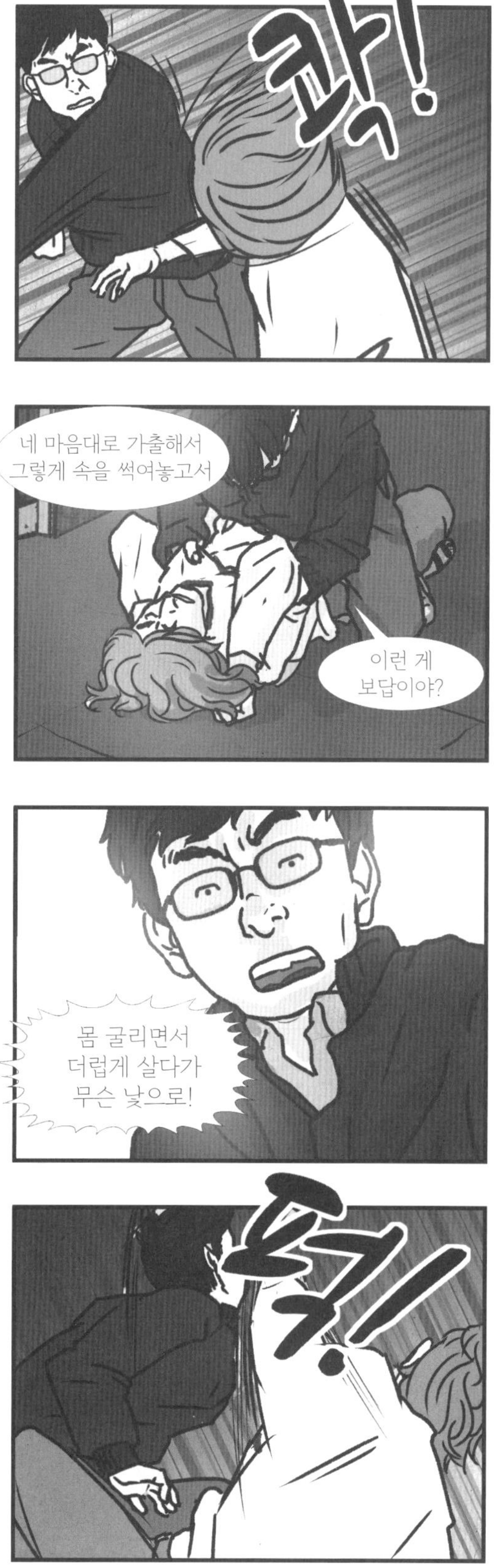
콱!
네 마음대로 가출해서 그렇게 속을 썩여놓고서
이런 게 보답이야?
몸 굴리면서 더럽게 살다가 무슨 낯으로!

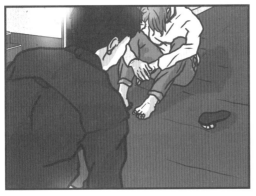

● 오지 마라

결혼식에는

오지 않으면
좋겠어.

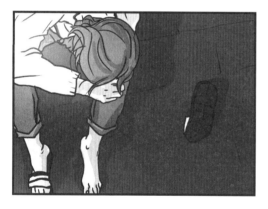

17화

/

뇌우

● 열린 문

뚜루루루루

● 쓰레기

뚜루루루루

뚜루루루루

뚜루루루루

장주원!
주원이 이놈 나와!!

쾅쾅쾅!

아, 문이 열려 있…

이 쓰레기 같은 놈아!

삼촌?

그만해!

애 죽어!

● 의도치 않게

● 알고 있다

18화

/

그치고
흐림

● 맨발

털썩一!

어이

너,

죽고 싶지?

● 거짓말

사람이 어떻게 처음부터 냉정해?

다 아는 척하지 마.

힘들면

힘들다고 말해!

나도 혼자 해낸 거 아니야.

86

● 돌아오지 않는

누님, 돌아갑시다.

우리가 있으면
들어오지도 않아.

● 방랑자

이요~,
황해운 남성 의원 좋네.

그냥 동업 원장이다.

빚이야 빚.

이삿짐이 겨우
가방 두 개냐?

지낼 데는 있어?

아니, 재워줘.

윽!

● 평범하게

지난번 센터 세미나는
왜 안 왔어?

아니 뭐,
마음의 준비도
필요하고.

우리, 좀

평범하게
살자.

아무도 안 그렇게 봐도.

19화

/

사막의 시간

● 적응

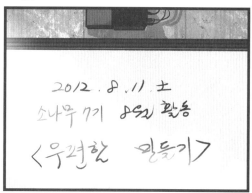

어지럽거나 하진 않은데

피부 박지이 너무 심한 거야.

종일 멍 때리고 괜찮아요?

아, 요즘 통 못 자서요.

이번 진료부터 스토크린을 레타야드로 바꿔주더라고.

아우 나도 칼레트라 먹을 때 살 디 빠지고 힘들이 죽는 줄 알았는네.

스토크린 먹는다고 했죠?

키벡사랑 스토크린요.

칼레트라도 살 빠져요?

지방 위축 덜하다는 거 같더니?

주걱一

어우, 소화도 안 되고 컴버비어 부작용이랑 짬뽕돼서

설사하고 토하고 난리도 아니었어.

버티지 말고 바로 병원 가요.

약한 몸 더 상한다고.

주원 씨!

맞는 약을 먹고 있어야 다음 치료의 여지라도 있지…

● 버티기

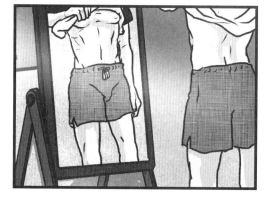

운동을 하니
그나마 버티는데.

설사나 멈췄으면…

● 오랜만에

어?

노아, 오랜만-.

잘 먹고 살았어?

그렇긴 한데…

● 어색한 순간

20화

/

정리

● 소문

그 사람 부인이 한바탕하고 갔어.

한동안 분위기 얼마나 안 좋았다고.

그 뉴페이스랑 너랑 노닥거린 거 본 사람도 많지,

이후로 너도 안 오지.

다들 넌 백 퍼센트라 그랬다고.

나, 담배 끊었어.

● 걱정

주원이 요즘,
고시원 살아요.

한동안 일을
전혀 못 했거든요.

아.

그래도 페이스 찾으려고
본인이 노력하니까.

● 로그아웃

주원이

걱정 많이 되세요?

정해진 시간에 보던 사람이

접속을 안 하니까 더….

길드에서도
본 사람이 없다 하고요.

엥?

게임하다
친해졌거든요.

아.

● 괜찮아

21화

/

**살
게
하
다**

● 길드에서

어쩌다가 서로 얘기하게 됐는지 기억은 안 나요.

● 무성애자

연애를 왜 안 해봤겠어요.

죽이 잘 맞는 힐러와 탱커는 여러모로 좋으니까.

고백을 왜 안 해봤겠어요?

어차피 가상공간의 친구라 현실로 올 거라고 생각 못 했어요.

뭐야 그거?

불감증 같은 거야?

전 사람이 싫었거든요.

아무도 내 말을 그대로 들어주지 않았어요.

● 약점

의지된다고 착각한 사람에게
털어놓은 적도 있어요.

● 외면

왜 소속되고 싶지
않았겠어요.

무성애자? 그런 건 가짜야.

그게 나의 약점인데.

나를 만났으니까
괜찮아질 거야.

나에게 감정이
왜 없겠어요?

너는 이런 이야기하면
모르지?

어리석다고 생각했어요.

그런데 주원이는
설명할 필요가 없었어요.

내 탓이 아닌데요.

촤악-

하루에도 몇 번씩
죽고 싶었어요.

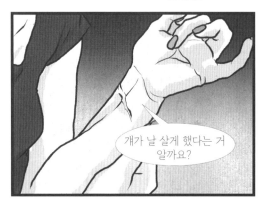

걔가 날 살게 했다는 거
알까요?

아-

나도 살게 해주고
싶어요.

이제 진짜 상관없어.

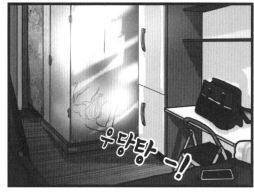

22화

/

질기다

● 위독

● 나도 죽겠다

● 특수상황

정중신경이랑 인대 둘이 나갔고,

요골동맥까지 봉합이 들어갈 거야.

황 선생도 알다시피

'특수상황'에다 중상이니 1인실 케어를 할 거야.

그런데 병상이 당장은 없어서 알아보고 있어.

수술은 응급이라 밀어넣었어.

병실은 최대한 빼볼게.

● 바보로 아나

뻔히 알고 상급병원에 온 건데.

내가 이 병원 10년 있으면서

1인실에 사람 넘치는 거 본 지도 없구민.

병실은 최대한 빼볼게.

선심 쓰는 척은 엄청 해요!

주원아!

23화

/

건너지 않은 강

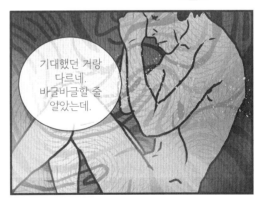

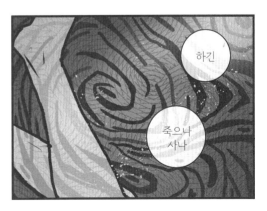

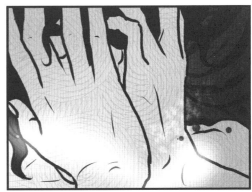

● 묵은 기억

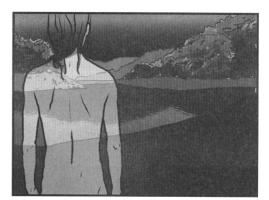

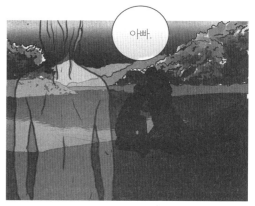

● 나는 어디?

여기가
어디라고 생각해?

지옥일 거라고 생각해?

어때? 지옥일 것 같아
천국일 것 같아?

● 네 몫은 없다

* 구약성경 집회서 30, 21

● 사람이란 이름

● 살아라

● 경계

 ● 귀환

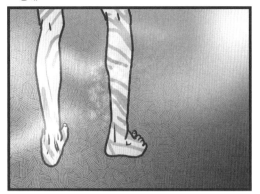

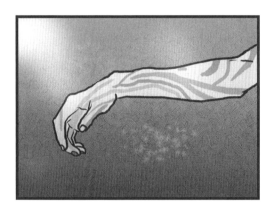

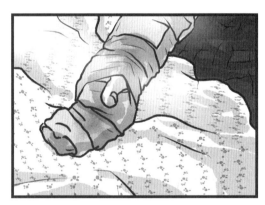

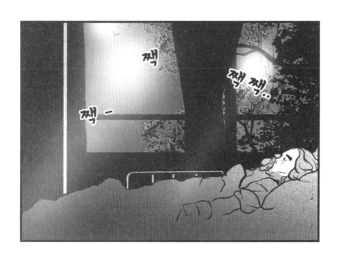

24화
/
돌아오는 길

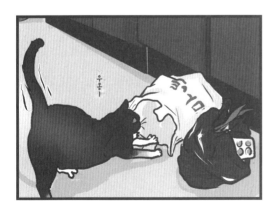

집에 웬 남자가
있잖아?!

생전 남자 얘기하는
것도 본 적이 없는데

집 안에 남자를 막
들이고 살 줄이야.

엄마- 쫌!

뭐 어때? 나이도 있는데.

아놔!

날은 언제 잡나?

풉-!

● 이쪽이 편해

● 잘해라 좀

● 연마 중

우리나라 판금 체계는
좀 달라요. 잘 봐요
엎처리가 끝났잖아요?

● 소식

그래, 밥은
잘 챙겨 먹고 살아?

퍼티를 연마하고
레드퍼티를 또 연마해요.
여기까지가 원래는 판금작업이야.

다른 게 아니라
그저께-

가게에 누가 와서는
널 찾길래.

그런데 우리나라는 퍼티 연마부터
도장 부서로 온단 말입니다-.

함부로 말하기 그래서
명함을 받아놨는데.

어, 엄마!

늙어서
깜박깜박하네-.

알려줄까?

25화

/

귀
환

제대하고 그럼
줄곧 조선소?

네,
올해부터 올라왔어요.

어째
팍 삭았네!

으하….

철웅- 아니,

주원이 소식은 알아?

진짜, 사람이 너무 초연하게 찾아온 거야.

그냥 다 놓은 것처럼 말하고 가더니

결국 자살소동 나고는-

그만해요.

형도-

그런 얘기 그만해요.

아는 사이잖아,

우리 전부.

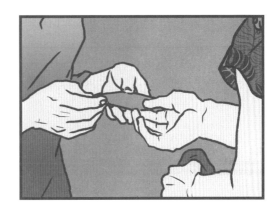

● 긴장

● 약속 시간

툭

흐읍-

내가 많이 늦었나?

하 -

26화

/

더
이
상
같
지
않
다

●감회

● 그럴지도

그대로는 무슨, 예의가 지나치네.

내 안부는 알고 있지?

알고 있는 거 알고 있지?

● 반칙

* 푸른 알약: 저자인 프레데릭 페테르스가 HIV 감염인인 연인과 그녀의 아들을 가족으로 함께하게 되는 과정을 그린 자전적 만화

아아 안 돼~. 그건 반칙이야!

그 작가는 헤테로라고! 나중에 애도 낳아, 흥!

● 다시 하네, 데이트

● 미래가 없을 줄 알고

● 근황

청암에 돌아와선 귀여운 대학생도 만나봤는데

그놈이 딱 옛날 나 같아서

쉽게 마음의 준비가 안 되더라.

글쎄- 난, 형이랑 달리 엄청 순수해서 그런가-

● 심통

형 말마따나

애인이 생기는 건 진짜 복이지, 안 그래?

그런 기회가 공평한 게 아니니까, 우리는 진짜-

수종아

나는 예전의 내가 아니야.

● 아름다운 이유

27화

/

거국적으로

● 꿈

연애를 넘어선
연애를 하나?

그래

꿈은 꿀 때가
더 좋지.

● 전출

갈 데는 정하고
말하는 거야?

고시원은 어디나
많으니까-.

누가 집 때문에
그러겠어?

더 이상 감시
안 해도 되냐고.

● 사춘기

사춘기는 완전히 겪어야
지나가는 거 아니겠어?

이제 그런 건 졸업했으니까

독립해서 살 거야.

@#$%$

내가 엄마야?

그랬지-

그럼, 효도한다 생각하고
용돈이나 주고 가.

● 열외

...

가끔-

현실인 사람도
있지.

● 전출

28화

/

열
쇠

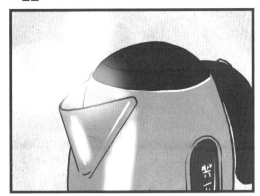

●너, 좀

● 짐꾼

정말 상냥하구나.

나도 시켜먹으려고
1층으로 이사한 거지?

귀신이네~

아하하, 그럼요.

주원 씨,
이렇게 시켜먹었으니

다음 모임 나올 거지?

● 손님 오신다

미안해요. 힘들게
다 부탁해서.

뭘요, 남는 게 힘인데.

툭-

많이 먹어 다들,
몸살 나면 안 되니까.

투둑-

어?

투둑-

148

● 네가 편해야

엄마, 보일러 잘 되는 거 같지?

바닥?

침대에서 자고 가-

나는 원래 바닥에서 자는데 뭐.

네가 편해야지.

● 탱커와 힐러

주원 : '호두를 위하여' 자냐?

띠롱-

뭐야, 그 느끼한 호칭과 말투는.

헐.

주원 : 오늘 공부하기 싫은데 공대 한 번 달릴래?

그냥 빨리 자. 쓸데없는 데 에너지 쓰지 말고.

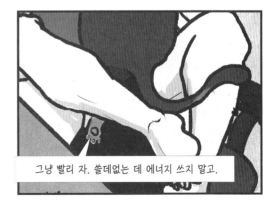

주원 : 안 돼, 나 인벤이 꽉 차서 저렙짜리 하나 더 키우는데 빨리!

장씨 : 형, 팝업 뜰 거야 길드 승인해

으으으 나 하나도 할 줄 모르는데

장씨 : 긱징 마, 정자가 알아서 기워줄 거야

● 혼자

길은 열었으니, 형이 알아서 개척해봐

● 로그인

● 보이지 않는 사람

곤드레 <u>댓글</u>
웅이 님 글만 보면 안심이 됩니다.

마초맨 <u>댓글</u>
운동 열심히 하세요 꼭 홍삼 드시고요

많아도나 <u>댓글</u>
너무 오랜민이네요
이제 잠수타지마세요

● 늦은 시간

일찍 자.
너 무리하면 안 돼.

● 이제와 항상 영원히

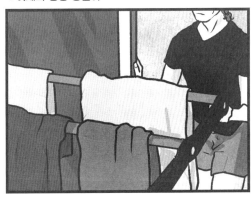

아직 안 잤어?

이제 잘 거야.

155

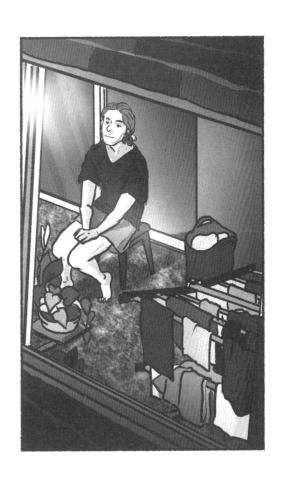

참고 도서

신승배,『한국사회 동성애자와 HIV 감염인의 삶의 질』, 지식과감성(2015)

프레더릭 페테르스,『푸른 알약』, 유영 옮김, 세미콜론(2014)

앤서니 보개트,『무성애를 말하다』, 임옥희 옮김, 레디셋고(2013)

정담편집부,『통합내과학 감염2』, 정담(2013)

강영희,『생명과학대사전』, 아카데미서적(2008)

김준명 외,『HIV 감염』, 군자출판사(2007)

채범석 외,『영양학사전』, 아카데미서적(1998)

인터뷰 해주신
김은재 님, 오렌지나무 님, 알보칠 님

고맙습니다.

거울아 거울아 – 장주원 편

ⓒ 다드래기, 2017

초판 1쇄 인쇄일   2017년 3월 9일
초판 1쇄 발행일   2017년 3월 16일

지은이   다드래기
펴낸이   정은영
책임편집   이책

펴낸곳 (주)자음과모음 | 출판등록 2001년 11월 28일 제2001-000259호
주소 04083 서울시 마포구 성지길 54
전화 편집부 (02)324-2347, 경영지원부 (02)325-6047
팩스 편집부 (02)324-2348, 경영지원부 (02)2648-1311
이메일 neofiction@jamobook.com

ISBN 979-11-5740-118-5 (04810)
      979-11-5740-115-4 (set)

이 책에 실린 내용은 2015년 8월 12일부터 2016년 3월 2일까지 레진코믹스를 통해 연재됐습니다.